Para Fern y Sofia – R.W.

Para Ian y William – C.J.C.

Título original: HUNGRY HEN
© Richard Wayne y Caroline Jayne Church, 2001
La traducción de *Hungry Hen*, originalmente publicada en 2001
en inglés, ha sido publicada con el acuerdo de Oxford University Press.
This translation of Hungry Hen *originally Publisher in English in 2001*
is Publisher by arrangement with Oxford University Press.

© de la traducción española:
EDITORIAL JUVENTUD, S. A., 2003
Provença, 101 - 08029 Barcelona
info@editorialjuventud.es
www.editorialjuventud.es

Traducción: Christiane Reyes
Primera edición, 2003
Depósito legal: B.34.946-2003
ISBN: 84-261-3339-8
Núm. de edición de E. J.: 10.306
Printed in Spain
GRAFO, Av. Cervantes, 51, Basauri, Bizkaia

Richard Waring

La gallina hambrienta

Ilustrado por

Caroline Jayne Church

EDITORIAL JUVENTUD

Érase una vez una gallina muy hambrienta,
que comía y comía, y crecía y crecía,
y cuanto más comía, más crecía.

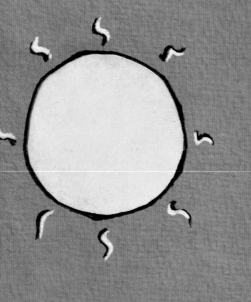

En lo alto de la colina vivía
un zorro. Y todas las mañanas,
el zorro observaba cómo la
gallina salía del gallinero,
más gorda cada día.

Pero todas las mañanas el zorro,
al acercarse sigilosamente a la granja,
se detenía y pensaba: «Si espero un día
más, la gallina se pondrá aún más gorda».

Por eso, el zorro esperaba día tras día
y la gallina crecía y crecía.

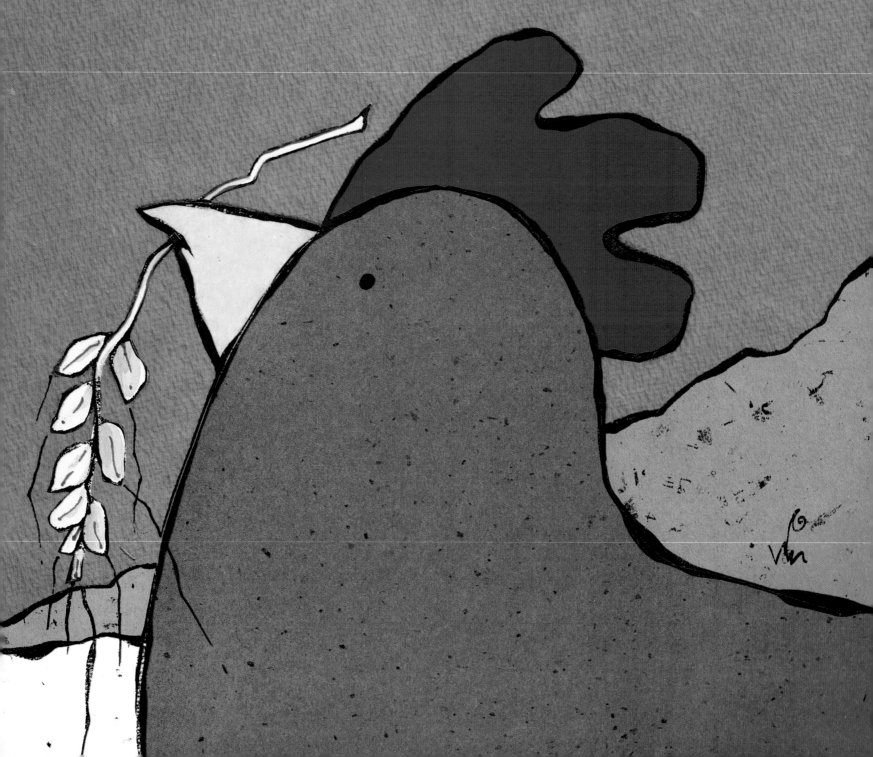

Y el zorro tenía más y más hambre,
y cada día estaba más y más delgado...

Hasta que un día, el zorro
miró la granja, y todo lo que
vio fue la enorme cabeza de
la gallina que intentaba salir
por la puerta del gallinero.

El zorro ya no aguantó
más, y empezó a correr,
correr y correr.

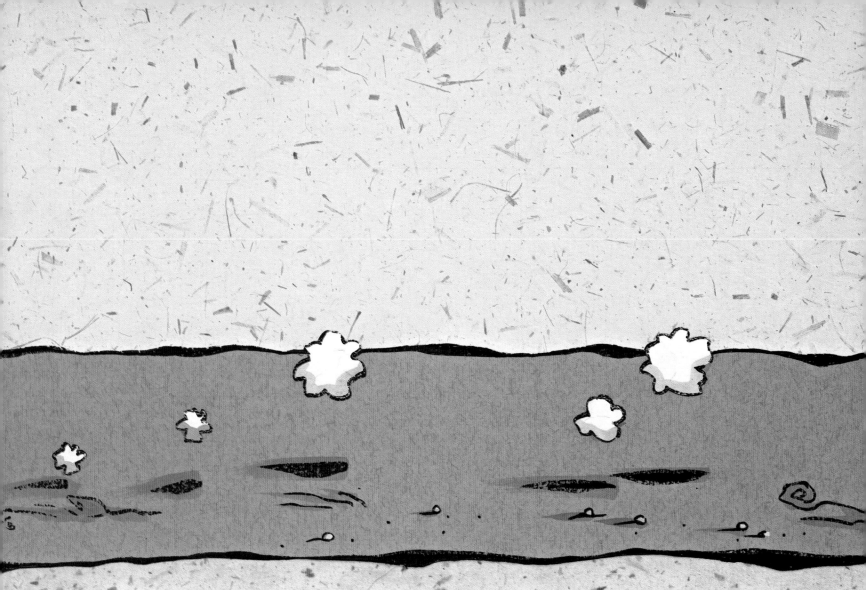

Corrió cada vez más deprisa,
colina abajo
derecho hacia la granja.

Y de un salto se estampó
contra la ventana y entró
en la cabaña de la gallina.

El zorro miró a la gallina.

La gallina miró al zorro.

El zorro se relamió los labios.

Y justo
cuando el zorro

estaba a punto

de saltar...

la gallina se agachó
y ¡se lo tragó entero!